Pour Antoine, Boris et Pépé Jo.
L.T

Monsieur Firmin

Laurent TARDY

les messagers bilbOquet

Un jour, c'est à cause du chien de Monsieur Firmin. Il voulait attraper un papillon, mais à la place, il m'a fait tomber de vélo et je suis tombé.
C'est parce qu'il est jeune...

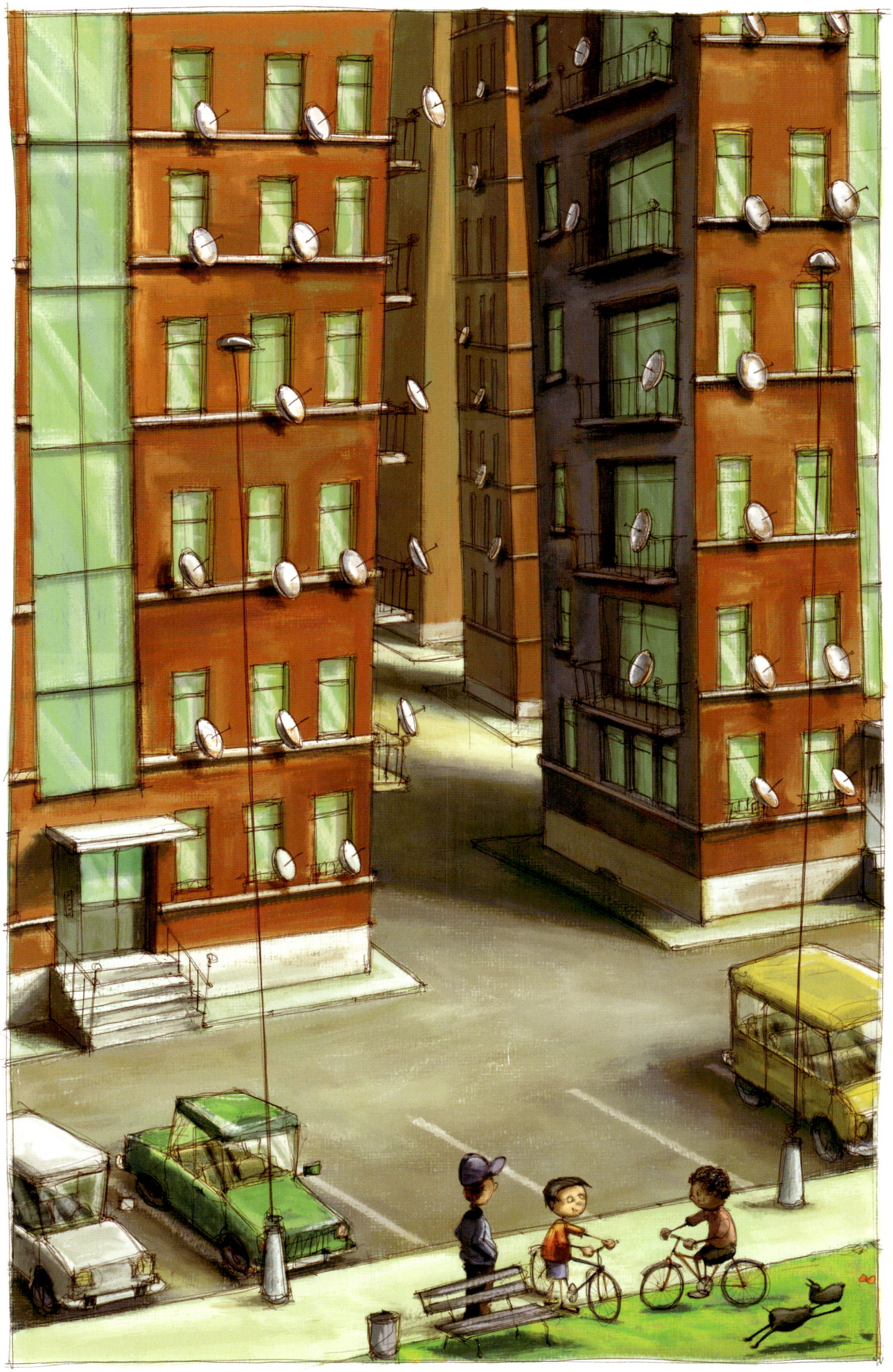

*Monsieur Firmin, lui, il est très vieux et il est malade. Le **K**ardiologiste dit que son cœur est fragile alors il doit se ménager, car on ne peut pas faire de greffe. En langage médic**inal,** ça veut dire qu'on ne peut pas le réparer.*

L'autre fois avec Farid et Victor, on a joué au foot sur le parking en bas. Monsieur Firmin a fait goal ; c'était bien. Vraiment.

BIP   BIP   BIP   BIP   BIP

BIP
BIP

Les gens du quartier pensent qu'on devrait le laisser tranquille. Sinon, « il va vous claquer dans les pattes » qu'ils disent. Une fois, les pompiers sont venus le chercher.

La grand-mère de Farid dit qu'il a eu de la chance.

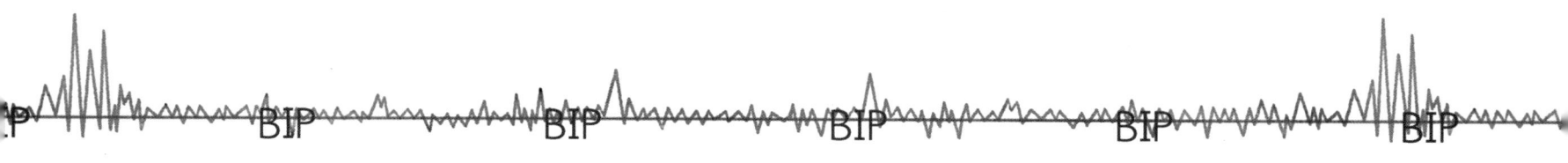

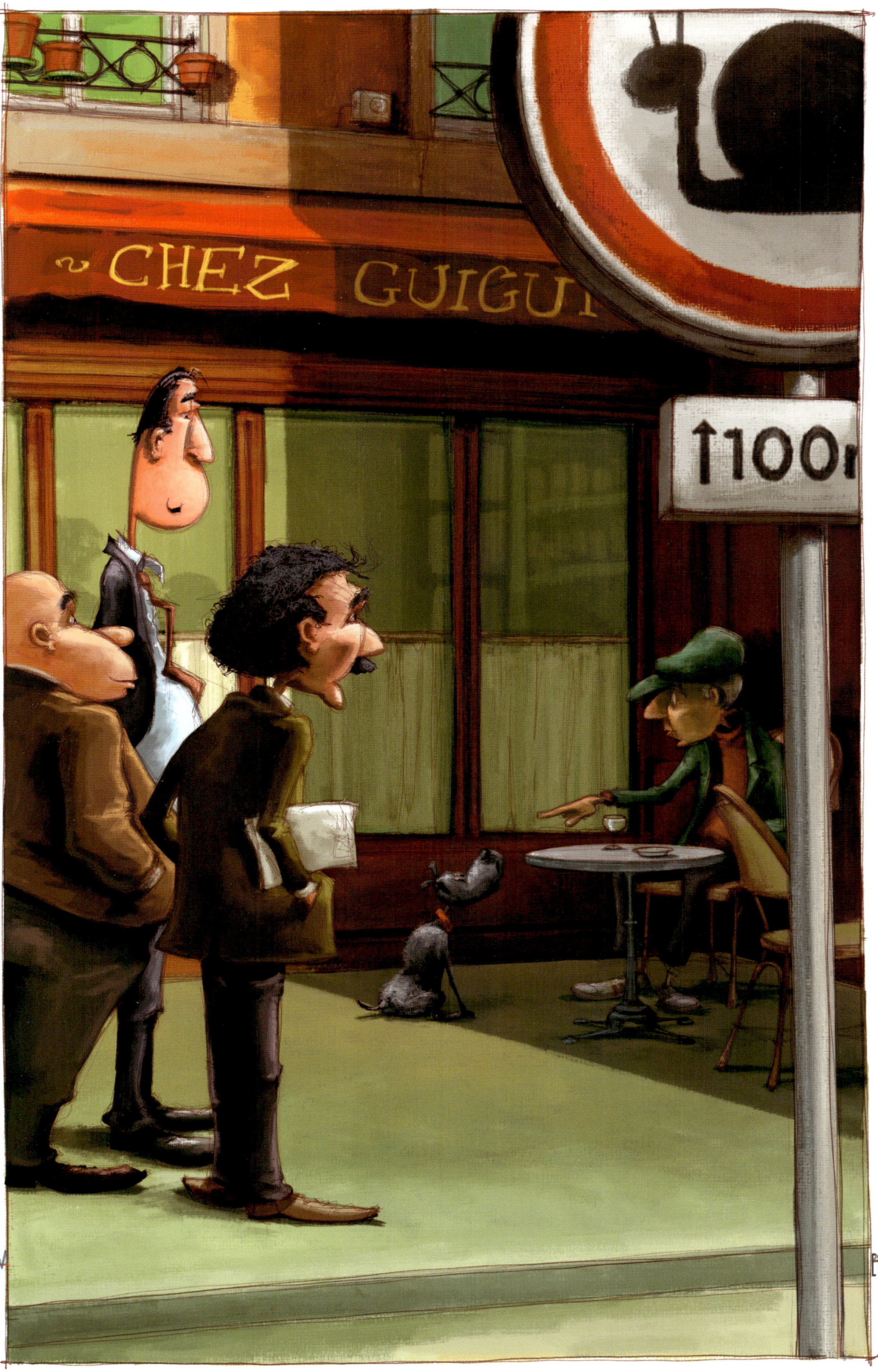

BIP IP

Au début, Monsieur Firmin ne parlait jamais à la grand-mère de Farid. Après, si. Alors elle lui prépare des petits plats maison qui piquent ou typiques ? Je n'ai pas très bien tout compris, elle a un accent.

IP BIP

On l'aime bien Monsieur Firmin. Les mercredis, quand il n'est pas trop fatigué, on va à la bibliothèque pour lire des livres et pour l'écouter. Farid et Victor ne croient pas ses histoires ; Zoé et moi, si.

Il est allé à la guerre.

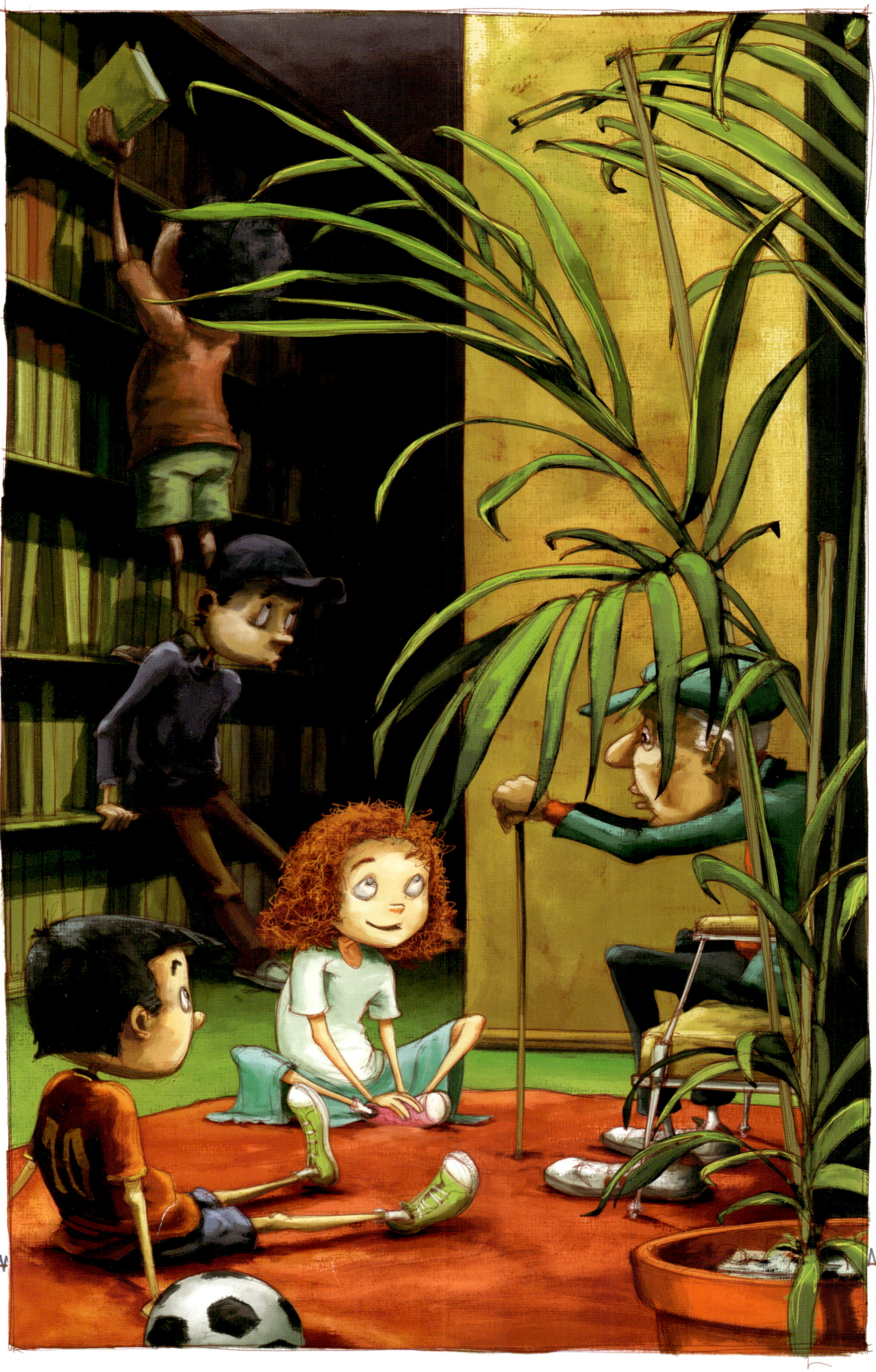

Il nous a raconté qu'un jour avec La Fanfare Militaire du Bataillon d'Altkirsh Cérémonie du Souvenir, il a joué de la musique avec les autres. Alors ils ont arrêté la bataille.

Je le sais parce que Papa et Maman m'ont fait voir dans la collection de vieux journaux à Papa. Ils sont super vieux, c'est vrai… les journaux, je veux dire !

Petit Journal

5 CENT. SUPPLÉMENT ILLUSTRÉ 5 CENT.

ABONNEMENTS

26ᵐᵉ Année — Numéro 1.

DÉPARTEMENTS............ 2 fr.
ÉTRANGER................ 2.50

DIMANCHE 31 FÉVRIER

BIP

BIP

Papa, il est facteur. Maman travaille à la cantine. Avant je détestais les épinards, maintenant je suis obligé. Ce que je préfère, c'est Les Raviolis.

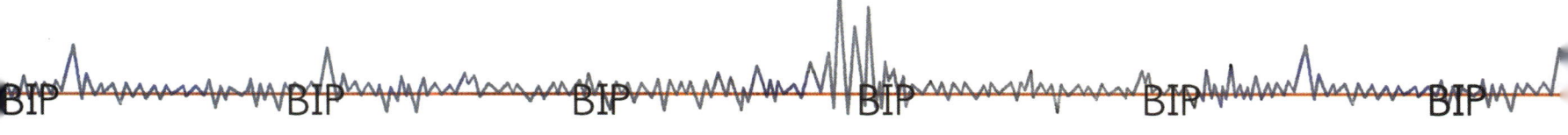

BIP BIP BIP BIP BIP BIP

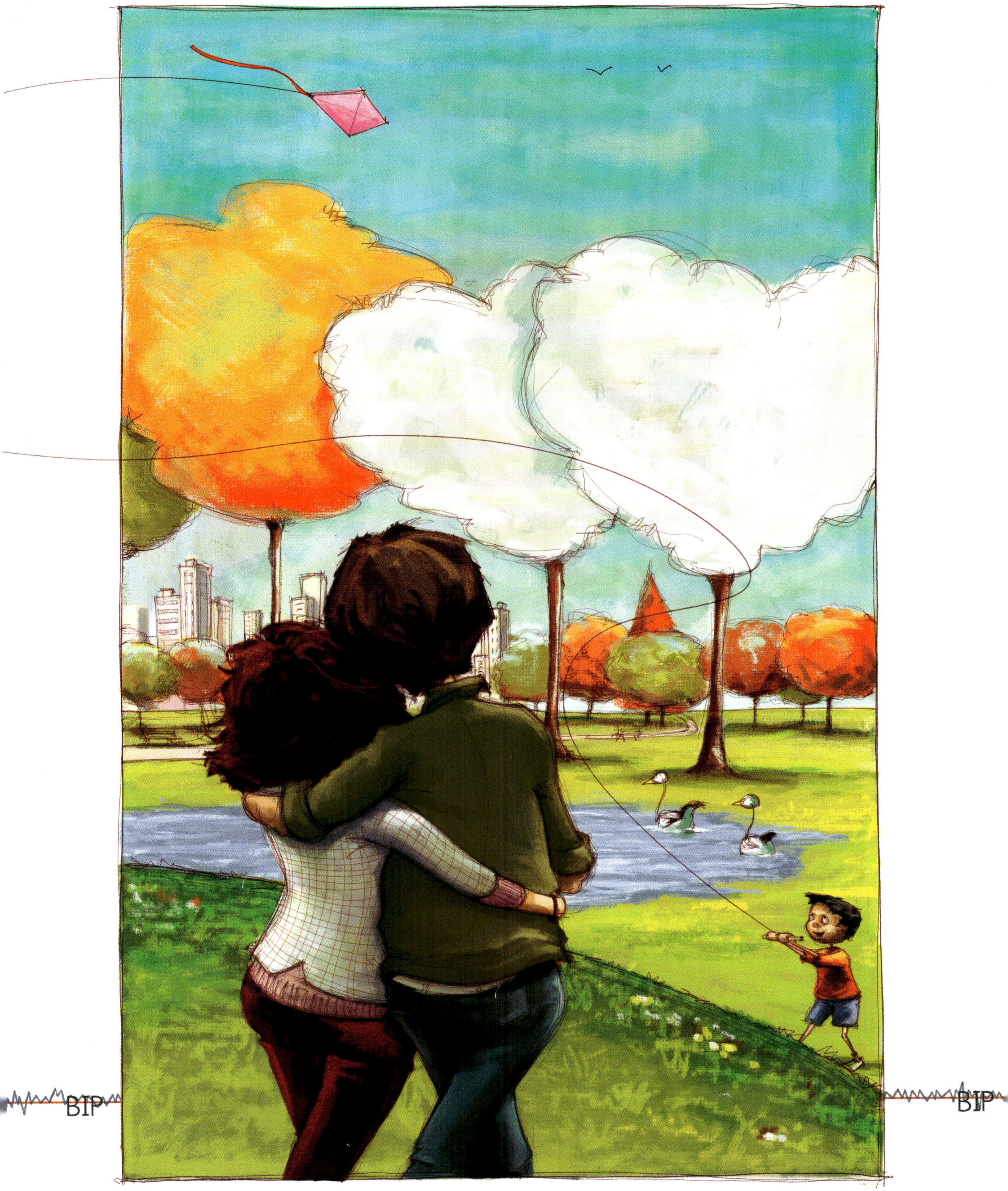
BIP
BIP

Je suis sûr qu'avant il y avait Les Raviolis, ça existait c'est obligé ! Mais je sais que pendant la guerre, ils n'avaient rien à manger, alors ils mettaient quoi dans Les Raviolis ? Quand je pourrai, je demanderai à Monsieur Firmin.

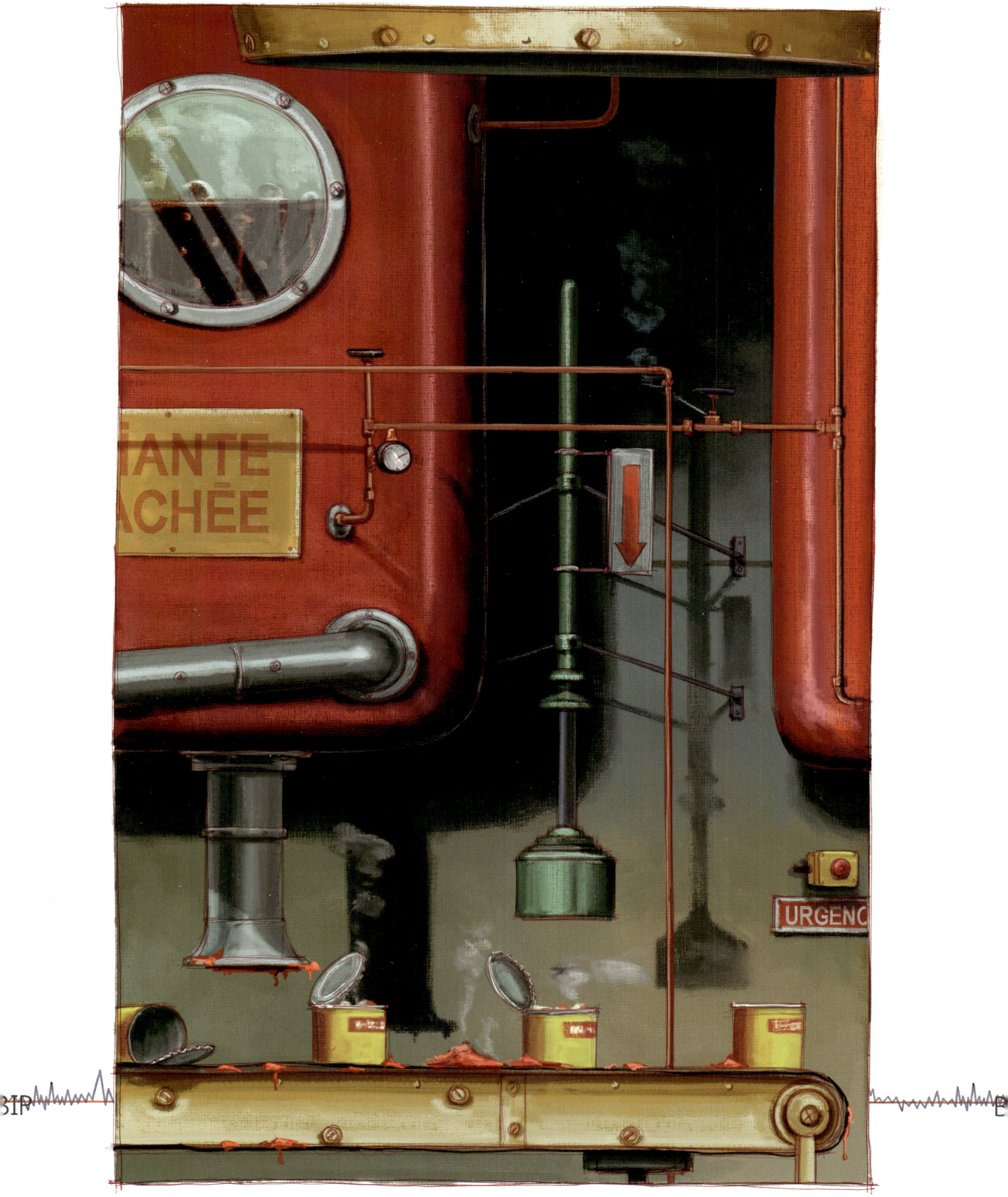
IANTE
ACHÉE
URGENC
BIP

Monsieur Firmin habite au sixième étage depuis tout le temps. Je suis allé le voir plein de fois. La dernière c'est quand les pompiers sont venus le chercher ; après je voulais savoir si il était revenu, mais y avait personne. Alors j'ai eu peur parce que j'étais inquiet.

Bientôt pour aller chez lui je pourrai prendre l'ascenseur ; j'arrive à toucher presque le troisième bouton en sautant. À l'école, Nicolas m'appelle Microbe.

EN PANNE

Chez Monsieur Firmin, ça sent bizarre. Il y a plein de choses de l'ancien temps ; des choses drôles et des choses moches. La tapisserie du salon est trop moche.

Sur la commode il y a une photo. Je ne sais pas si Monsieur Firmin a été marié. Les gens du quartier disent que oui.

BIP

TROP MOCHE

BIP

Les jours où il a vraiment sa maladie, j'ai le droit d'aller le voir, mais pas trop longtemps et à condition que j'aie fini mes devoirs.

Lorsque j'ai Poésie, c'est pas possible. J'adore la poésie ! Quand je serai grand, je serai comédien.

BIP   BIP

Quand il a vraiment sa maladie, aussi il n'a pas le moral. Il dit qu'il a eu une vie bien remplie et que ça ne le gênerait pas si elle devait s'arrêter là. En me tapant sur l'épaule il ajoute « l'avenir c'est vous ». Les gens du quartier, eux, ils disent que « l'avenir ne sera pas tout rose ». Ça tombe bien parce que Farid, Victor et moi, on n'est pas rose du tout.

BIP BIP BIP BIP BIP BIP

À VENDRE

BIP

Et puis la dernière fois quand j'ai fait du vélo, c'est la grand-mère de Farid qui promenait le chien de Monsieur Firmin.

J'ai encore eu peur.

BIP   BIP   BIP   BIP   BIP   BIP

BIP   BIF

...Un jour, c'est à cause du chien de Monsieur Firmin. Il voulait attraper un papillon, mais à la place, il m'a fait tomber de vélo et je suis tombé. Alors les pompiers sont venus et m'ont emmené.

BIP   BIP   BIP   BIP   BIP   BIP

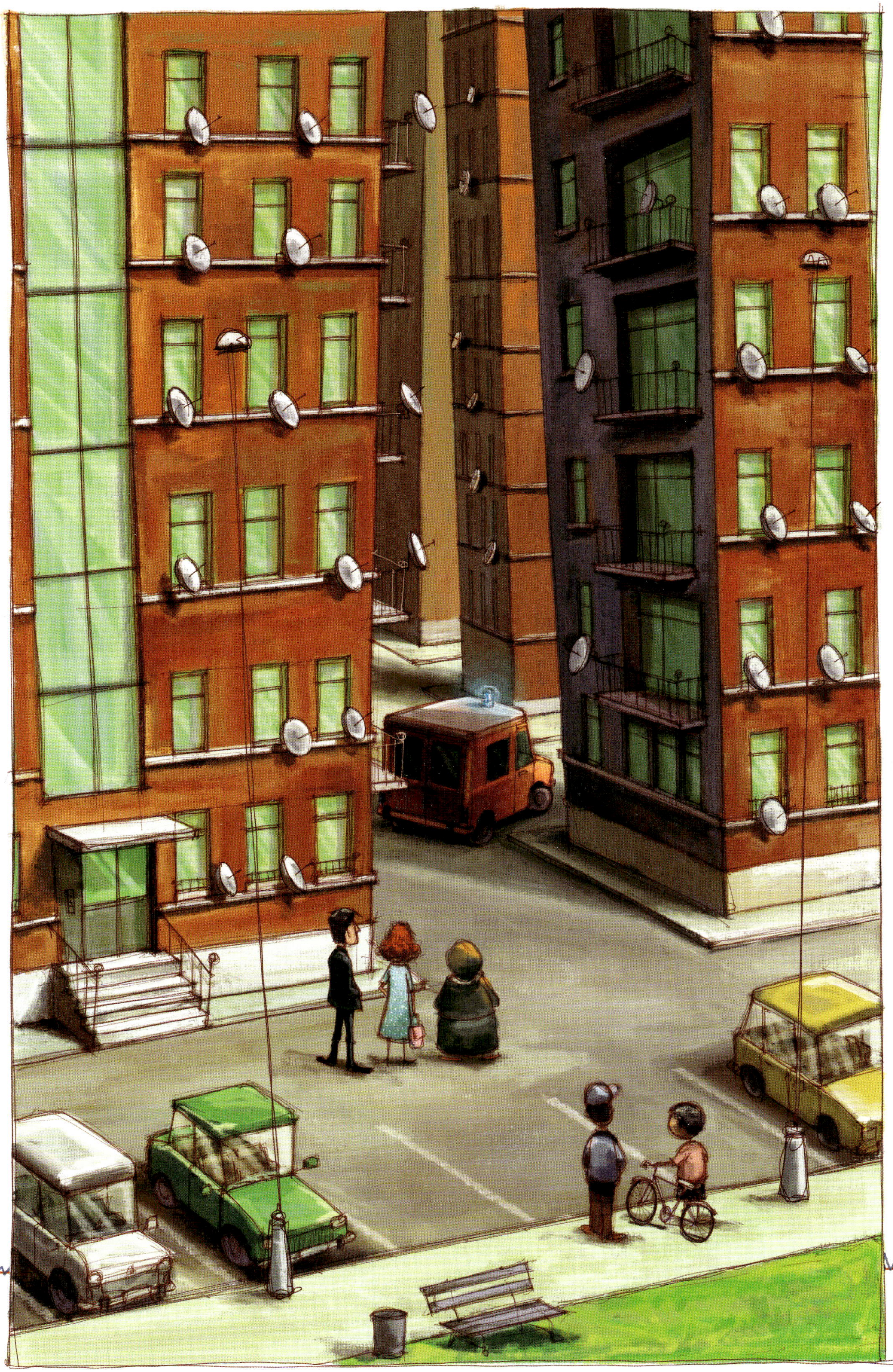

Maintenant, j'ai les yeux fermés tout le temps et je pense. Le docteur dit que je vais de mieux en mieux, mais il faut attendre.

Ça sent bizarre ici, pas pareil que chez Monsieur Firmin, trop bizarre. Il dit qu'il est inquiet ; comme quand j'avais peur. La grand-mère de Farid dit que je n'ai pas de chance.

BIP   BIP   BIP   BIP   BIP

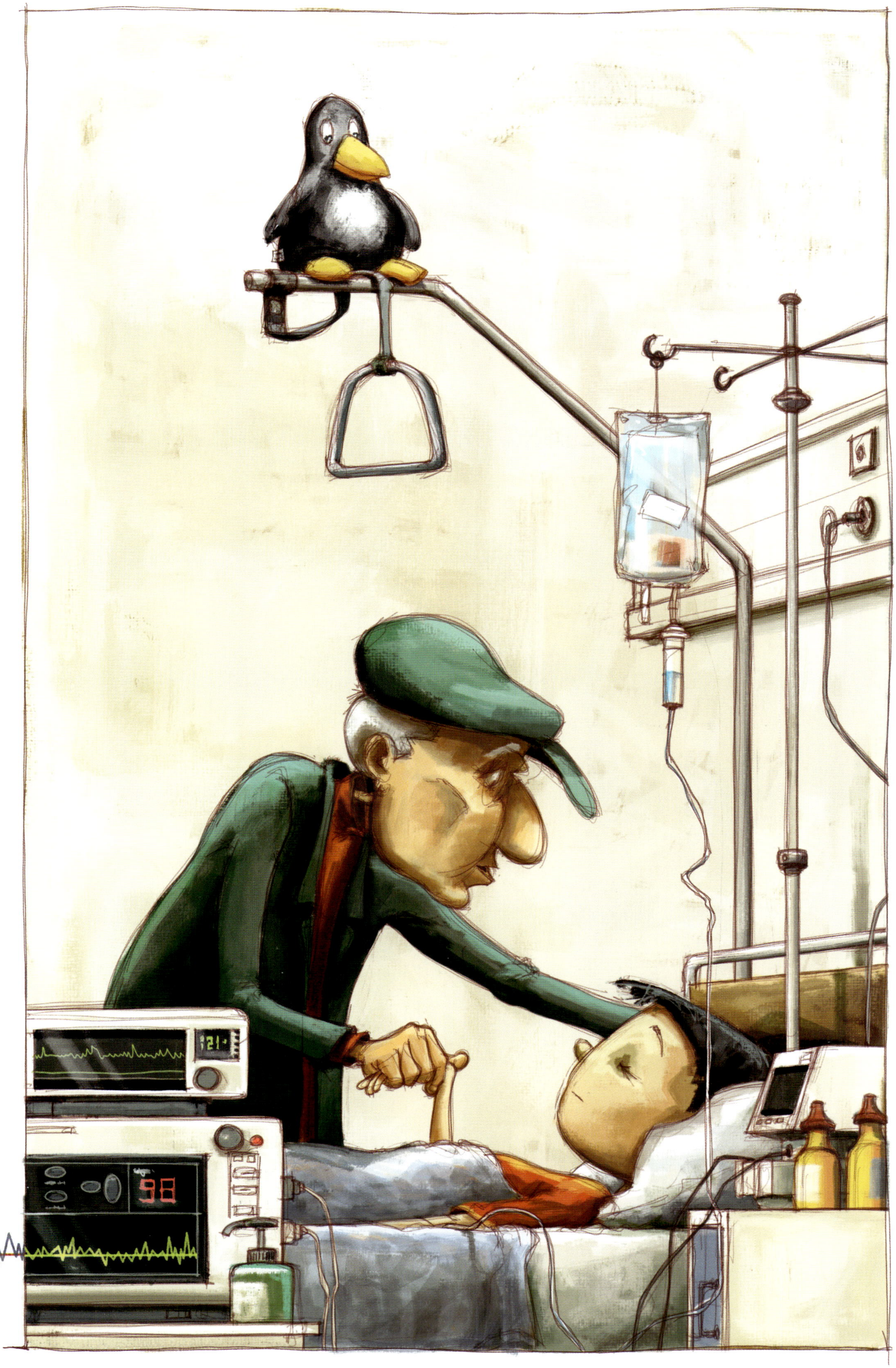

IP

Aujourd'hui, ça va. Vraiment. J'ai sept ans et Monsieur Firmin quatre-vingt-treize. À deux, on a 100 !

Les Raviolis, Monsieur Firmin aussi, il aime bien. Mais il ne m'a pas dit ce qu'il y avait dedans avant.

Et puis la grand-mère de Farid dit que j'ai eu de la chance.

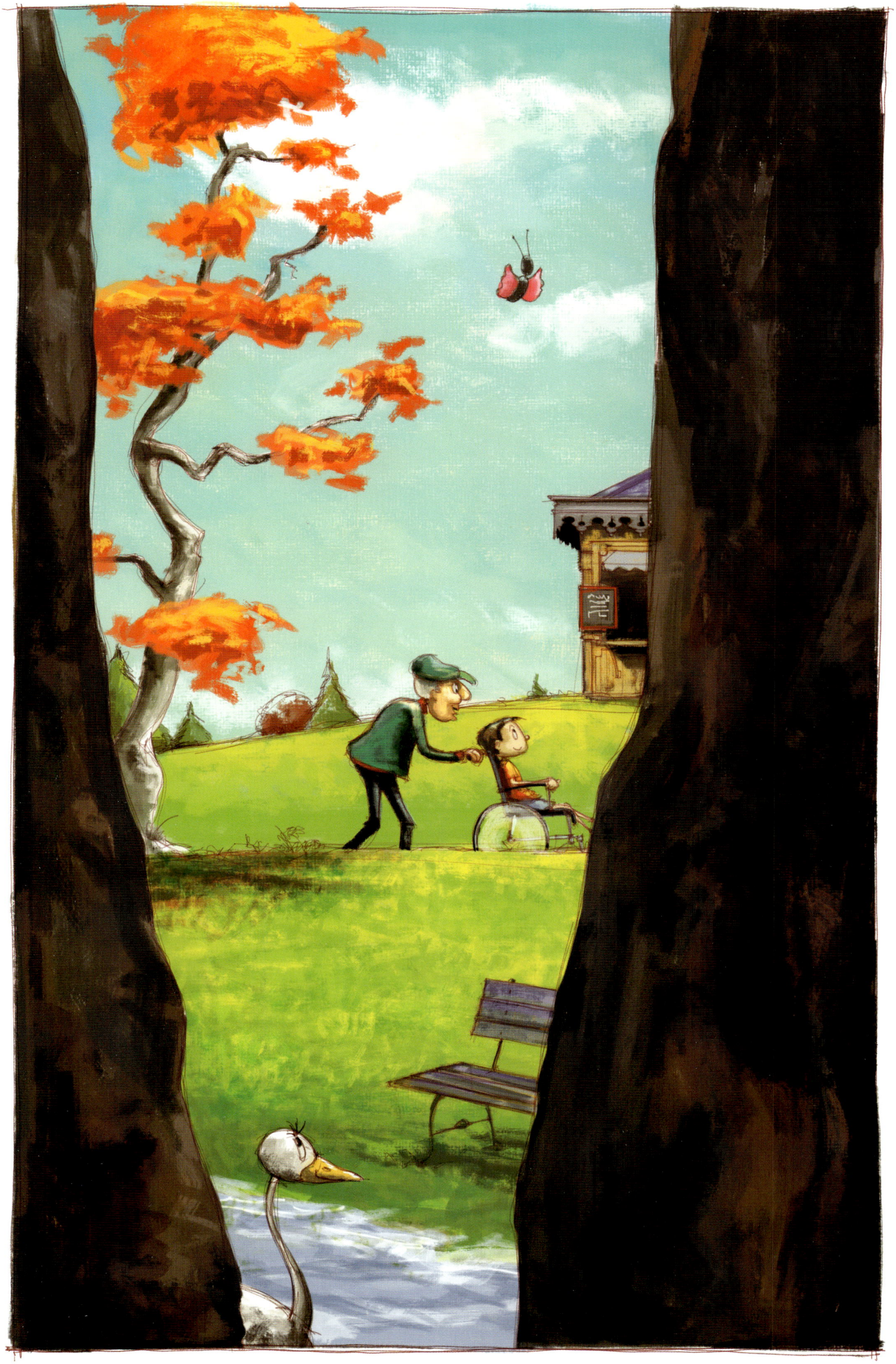